渔父　张志和

西塞山前白鹭飞，桃花流水鳜鱼肥。青箬笠，绿蓑衣，斜风细雨不须归。

忆江南　白居易

江南好，风景旧曾谙。日出江花红胜火，春来江水绿如蓝，能不忆江南？

更漏子　温庭筠

玉炉香，红烛泪，偏照画堂秋思。眉翠薄，鬓云残，夜长衾枕寒。梧桐树，三更雨，

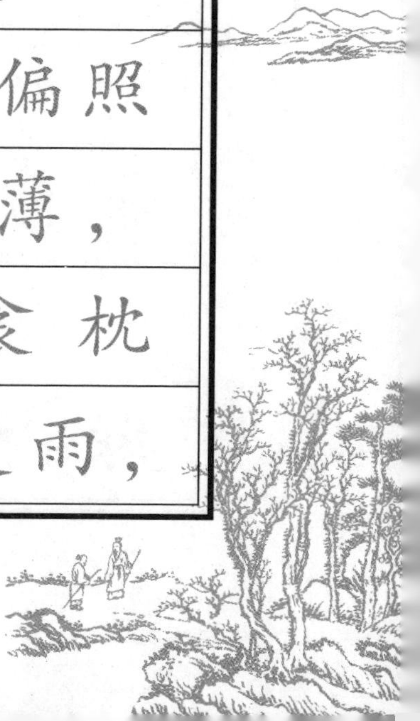

不道离情正苦。一叶叶，一声声，空阶滴到明。

渔家傲　欧阳修

花底忽闻敲两桨，逡巡女伴来寻访。酒盏旋将荷叶当，莲舟荡，时时盏里生红浪。花气酒香清厮酿，花腮酒面红相向。醉倚绿阴眠一饷，惊起望，船头搁沙滩上。

踏莎行　晏殊

绿树归莺，雕梁别燕。

春光一去如流电。当歌对酒莫沈吟，人生有限情无限。

弱袂萦春，修蛾写怨。秦筝宝柱频移雁。尊中绿醑意中人，花朝月夜长相见。

临江仙　晏几道

梦后楼台高锁，酒醒帘幕低垂。去年春恨却来时。落花人独立，微雨燕双飞。

记得小苹初见，两重心字罗衣。琵琶弦上说相思。当时明

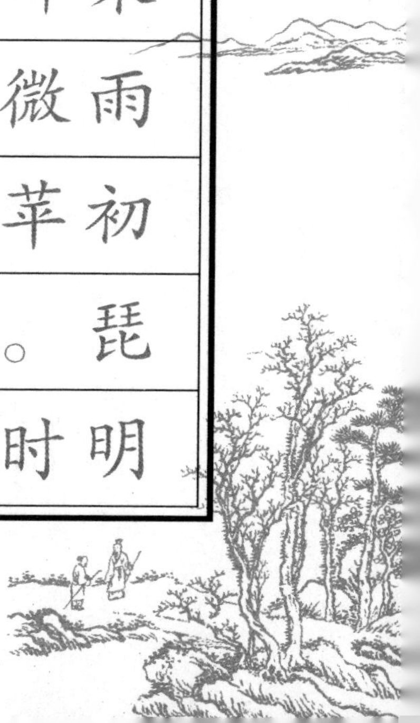

月在，曾照彩云归。

江南春　寇准

波渺渺，柳依依。孤村芳草远，斜日杏花飞。江南春尽离肠断，蘋满汀洲人未归。

菩萨蛮　李煜

蓬莱院闭天台女，画堂昼寝人无语。抛枕翠云光，绣衣闻异香。潜来珠锁动，惊觉银屏梦。脸慢笑盈盈，相看无限情。

望海潮·东南形胜　柳永

东南形胜，三吴都会，钱塘自古繁华。烟柳画桥，风帘翠幕，参差十万人家。云树绕堤沙，怒涛卷霜雪，天堑无涯。市列珠玑，户盈罗绮，竞豪奢。

重湖叠巘清嘉，有三秋桂子，十里荷花。羌管弄晴，菱歌泛夜，嬉嬉钓叟莲娃。千骑拥高牙，乘醉听箫鼓，吟赏烟霞。

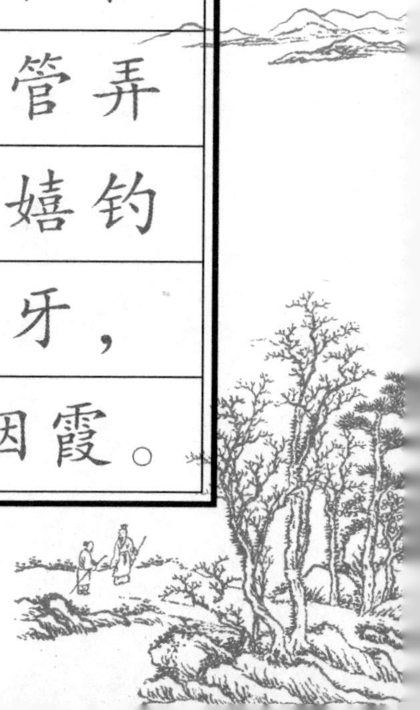

异日图将好景，归去凤池夸。

青玉案　元夕

辛弃疾

东风夜放花千树，更吹落星如雨。宝马雕车香满路，凤箫声动，玉壶光转，一夜鱼龙舞。

蛾儿雪柳黄金缕，笑语盈盈暗香去。众里寻他千百度，蓦然回首，那人却在，灯火阑珊处。

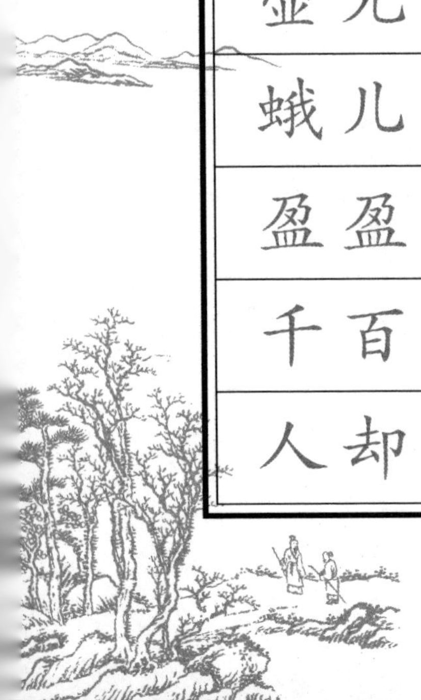

卜算子·元夜观灯

廖行之

云破露新晴，月上输清气。最是江城有底佳，灯火人烟沸。　行乐尽欢娱，眼界尤妍媚。多少江滨解佩人，邂逅无穷意。

少年游·林钟商　柳永

世间尤物意中人。轻细好腰身。香帏睡起，发妆酒酽，红脸杏花春。娇多爱把齐纨扇，和笑

掩朱唇。心性温柔，品流闲雅，不称在风尘。

鹤冲天·溧水长寿乡作

周邦彦

梅雨霁，暑风和。高柳乱蝉多。小园台榭远池波。鱼戏动新荷。 薄纱厨，轻羽扇。枕冷簟凉深院。此时情绪此时天。无事小神仙。

过秦楼·大石　周邦彦

水浴清蟾，叶喧凉吹，

巷陌马声初断。闲依露井，笑扑流萤，惹破画罗轻扇。人静夜久凭阑，愁不归眠，立残更箭。叹年华一瞬，人今千里，梦沉书远。 空见说、鬓怯琼梳，容销金镜，渐懒趁时匀染。梅风地溽，虹雨苔滋，一架舞红都变。谁信无聊为伊，才减江淹，情伤荀倩。但明河影下，还看稀星数点。

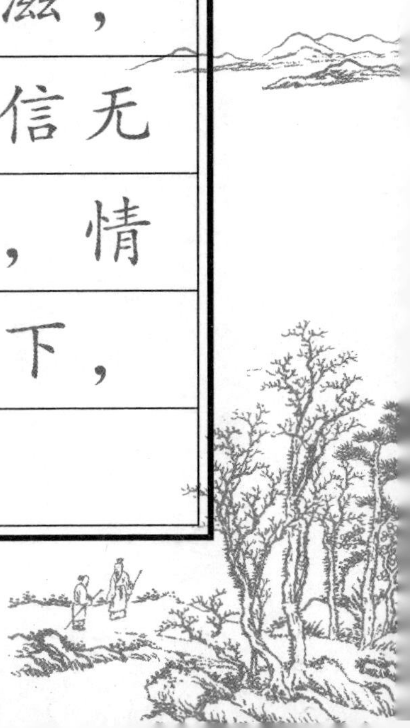

如梦令　李清照

常记溪亭日暮，沉醉不
知归路。兴尽晚回舟，
误入藕花深处。争渡，
争渡，惊起一滩鸥鹭。

如梦令　李清照

昨夜雨疏风骤。浓睡不
消残酒。试问卷帘人，
却道“海棠依旧”。知否，
知否？应是绿肥红瘦！

点绛唇　李清照

蹴罢秋千，起来慵整纤
纤手。露浓花瘦，薄汗

沾衣透。见客入来，
袜金钗溜。和羞走。倚
门回首，却把青梅嗅。

声声慢　李清照

寻寻觅觅，冷冷清清，
凄凄惨惨戚戚。乍暖还
寒时候，最难将息。三
杯两盏淡酒，怎敌它，
晚来风急。雁过也，正
伤心，却是旧时相识。
满地黄花堆积，憔悴
损，如今有谁堪摘。守
着窗儿，独自怎生得

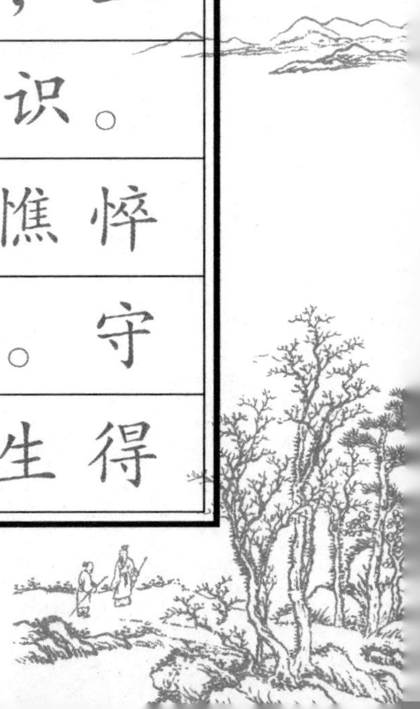

黑。梧桐更兼细雨，到黄昏，点点滴滴。这次第，怎一个愁字了得！

钗头凤　陆游

红酥手，黄縢酒，满城春色宫墙柳。东风恶，欢情薄，一怀愁绪，几年离索，错、错、错。

春如旧，人空瘦，泪痕红浥鲛绡透。桃花落，闲池阁，山盟虽在，锦书难托，莫、莫、莫。

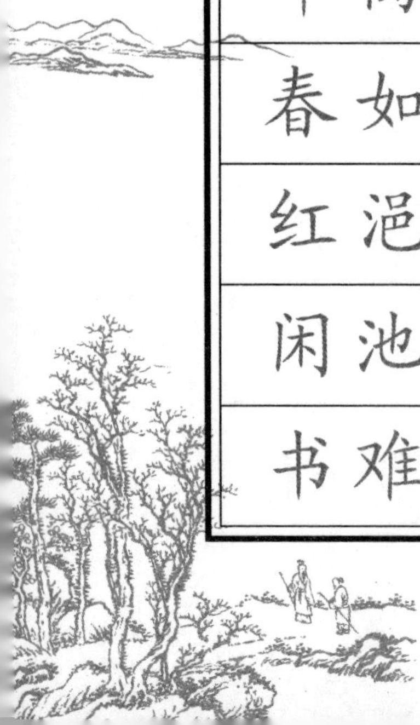

一剪梅　李清照

红藕香残玉簟秋。轻解罗裳，独上兰舟。云中谁寄锦书来？雁字回时，月满西楼。花自飘零水自流。一种相思，两处闲愁。此情无计可消除，才下眉头，却上心头。

临江仙　欧阳修

池外轻雷池上雨，雨声滴碎荷声，小楼西角断虹明，阑干倚处，待得

月华生。燕子飞来窥画栋，玉钩垂下帘旌，凉波不动簟纹平，水精双枕，畔有堕钗横。

鹊踏枝　冯延巳

谁道闲情抛弃久？每到春来，惆怅还依旧。日日花前常病酒，不辞镜里朱颜瘦。河畔青芜堤上柳，为问新愁，何事年年有？独立小桥风满袖，平林新月人归后。

定风波　苏轼

莫听穿林打叶声，何妨吟啸且徐行。竹杖芒鞋轻胜马，谁怕？一蓑烟雨任平生。　料峭春风吹酒醒，微冷，山头斜照却相迎。回首向来萧瑟处，归去，也无风雨也无晴。

念奴娇·赤壁怀古　苏轼

大江东去，浪淘尽，千古风流人物。故垒西边，人道是，三国周郎

赤壁。乱石穿空，惊涛拍岸，卷起千堆雪。江山如画，一时多少豪杰！　遥想公瑾当年，小乔初嫁了，雄姿英发。羽扇纶巾，谈笑间，樯橹灰飞烟灭。故国神游，多情应笑我，早生华发。人生如梦，一尊还酹江月。

满庭芳　周邦彦

风老莺雏，雨肥梅子，午阴嘉树清圆。地卑

山近，衣润费炉烟。人静乌鸢自乐，小桥外、新绿溅溅。凭栏久，黄芦苦竹，拟泛九江船。年年。如社燕，飘流瀚海，来寄修椽。且莫思身外，长近尊前。憔悴江南倦客，不堪听、急管繁弦。歌筵畔，先安簟枕，容我醉时眠。

花犯·小石梅花　周邦彦

粉墙低，梅花照眼，依然旧风味。露痕轻

缀，疑净洗铅华，无限佳丽。去年胜赏曾孤倚，冰盘同燕喜。更可惜，雪中高树，香篝熏素被。　今年对花太匆匆，相逢似有恨，依依愁悴。吟望久，青苔上，旋看飞坠。相将见、脆圆荐酒，人正在、空江烟浪里。但梦想、一枝潇洒，黄昏斜照水。

清平乐·村居　辛弃疾

茅檐低小，溪上青青

草。醉里吴音相媚好，白发谁家翁媪。大儿锄豆溪东，中儿正织鸡笼，最喜小儿无赖，溪头卧剥莲蓬。

渔家傲·秋思　范仲淹

塞下秋来风景异，衡阳雁去无留意，四面边声连角起。千嶂里，长烟落日孤城闭。浊酒一杯家万里，燕然未勒归无计，羌管悠悠霜满地。人不寐，将军

白发征夫泪。

苏幕遮 范仲淹

碧云天，黄叶地，秋色连波，波上寒烟翠。山映斜阳天接水，芳草无情，更在斜阳外。黯乡魂，追旅思，夜夜除非，好梦留人睡。明月楼高休独倚，酒入愁肠，化作相思泪。

燕山亭·北行见杏花

赵佶

裁剪冰绡，轻叠数重，

淡着燕脂匀注。新样靓妆，艳溢香融，羞杀蕊珠宫女。易得凋零，更多少、无情风雨。愁苦，问凄凉院落，几番春暮？

凭寄离恨重重，这双燕何曾，会人言语？天遥地远，万水千山，知他故宫何处？怎不思量？除梦里有时曾去。无据，和梦也新来不做。

一剪梅·舟过吴江　蒋捷

一片春愁待酒浇。江上舟摇，楼上帘招。秋娘渡与泰娘桥。风又飘飘，雨又萧萧。何日归家洗客袍？银字笙调，心字香烧。流光容易把人抛。红了樱桃，绿了芭蕉。

虞美人　蒋捷

少年听雨歌楼上，红烛昏罗帐。壮年听雨客舟中，江阔云低，断雁叫

西风。　而今听雨僧庐下，鬓已星星也。悲欢离合总无情，一任阶前点滴到天明。

眼儿媚　赵信

玉京曾忆昔繁华。万里帝王家。琼林玉殿，朝喧弦管，暮列笙琶。花城人去今萧索，春梦遶胡沙。家山何处，忍听羌笛，吹彻梅花。

探春令·元夕　赵长卿

去年元夜，正钱塘，看

天街灯烛。闹蛾儿转处，熙熙语笑，百万红妆女。　今年肯把轻辜负。列荧煌千炬。趁闲身未老，良辰美景，款醉新歌舞。

卜算子　李之仪

我住长江头，君住长江尾。日日思君不见君，共饮长江水。　此水几时休，此恨何时已。只愿君心似我心，定不负相思意。

谢池春·残寒销尽

李之仪

残寒销尽，疏雨过，清明后。花径敛余红，风沼萦新皱。乳燕穿庭户，飞絮沾襟袖。正佳时，仍晚昼。著人滋味，真个浓如酒。　频移带眼，空只恁、厌厌瘦。不见又思量，见了还依旧。为问频相见，何似长相守？天不老，人未偶。且将此恨，分付庭前柳。

蝶恋花　范成大

春涨一篙添水面。芳草鹅儿，绿满微风岸。画舫夷犹湾百转。横塘塔近依前远。　江国多寒农事晚。村北村南，谷雨才耕遍。秀麦连冈桑叶贱。看看尝面收新茧。

小重山　岳飞

昨夜寒蛩不住鸣，惊回千里梦，已三更。起来独自绕阶行，人悄悄，帘外月胧明。　白首为

功名，旧山松竹老，阻归程。欲将心事付瑶琴，知音少，弦断有谁听。

满江红·写怀　岳飞

怒发冲冠，凭栏处，潇潇雨歇。抬望眼，仰天长啸，壮怀激烈。三十功名尘与土，八千里路云和月。莫等闲，白了少年头，空悲切！　靖康耻，犹未雪，臣子恨，何时灭？驾长车，踏破贺兰山缺。壮志饥餐

胡虏肉，笑谈渴饮匈奴血。待从头，收拾旧山河，朝天阙！

满江红　韩世忠

万里长江，淘不尽壮怀秋色，漫说秦宫汉帐，瑶台银阙，长剑倚天氛雾外，宝光挂日烟尘侧！向星辰拍袖整乾坤，消息歇。

龙虎啸，凤云泣，千古恨，凭谁说。对山河耿耿，泪沾襟血。汴水夜吹羌管笛，鸾舆步老辽阳幄。把唾壶击碎，问蟾蜍，圆何缺？

摸鱼儿　辛弃疾

更能消几番风雨，匆匆春又归去。惜春常怕花开早，何况落红无数。春且住，见说道，天涯芳草无归路。怨春不语，算只有殷勤，画檐蛛网，尽日惹飞絮。长门事，准拟佳期又误。蛾眉曾有人妒。千金纵买相如

赋，脉脉此情谁诉？君莫舞，君不见，玉环飞燕皆尘土。闲愁最苦，休去倚危栏，斜阳正在，烟柳断肠处。

西江月　辛弃疾

明月别枝惊鹊，清风半夜鸣蝉。稻花香里说丰年，听取蛙声一片。

七八个星天外，两三点雨山前。旧时茅店社林边，路转溪桥忽见。

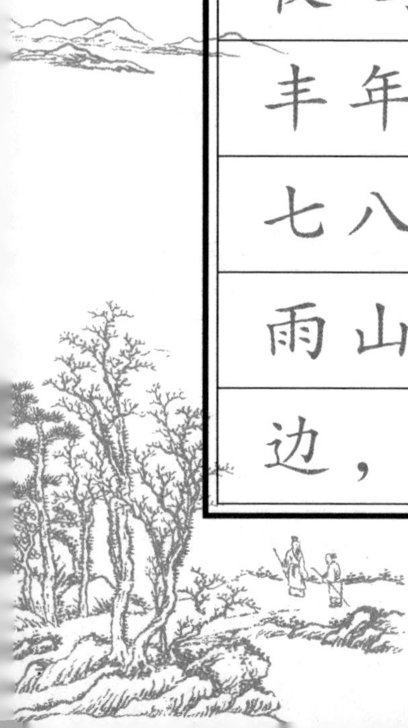

破阵子·为陈同甫赋壮词以寄之

辛弃疾

醉里挑灯看剑，梦回吹角连营。八百里分麾下炙，五十弦翻塞外声，沙场秋点兵。 马作的卢飞快，弓如霹雳弦惊。了却君王天下事，赢得生前身后名。可怜白发生！

疏影　姜夔

苔枝缀玉，有翠禽小

小，枝上同宿。客里相逢，篱角黄昏，无言自倚修竹。昭君不惯胡沙远，但暗忆、江南江北；想佩环、月夜归来，化作此花幽独。犹记深宫旧事，那人正睡里，飞近蛾绿。莫似春风，不管盈盈，早与安排金屋。还教一片随波去，又却怨、玉龙哀曲。等恁时、重觅幽香，已入小窗横幅。